Yo Puedo Hacer Cosas Difíciles

AFIRMACIONES CONSCIENTES PARA NIÑOS

Gabi Garcia

Ilustrado por
Charity Russell

Recibo tantos mensajes sobre cómo debería ser.

Me tironean en diferentes direcciones, ¡me siento inestable y sin poder!

Cuando eso sucede, escucho a mi voz interna.
Cuando le presto atención, esa voz es mi guía.

Me conecta con el amor y la fuerza que trae.

Me ayuda a recordar: puedo hacer cosas difíciles.

Puedo ser mi propia amiga.

Puedo sentir todos mis sentimientos.

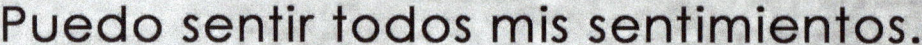

Puedo intentar algo nuevamente en lugar de rendirme completamente.

Puedo disculparme.

Puedo perdonar.

Puedo escuchar y entender diferentes puntos de vista.

Puedo cuidar a mi comunidad.

Las cosas difíciles pueden ser sobre lo que pensamos, sentimos, decimos, o hacemos.

Caminamos de diferente manera por el mundo.

Confiar en mi voz me ayuda a encontrar mi camino.

Cada día me vuelvo más valiente y fuerte, como es mi destino.

Las cosas difíciles que enfrento son todas mías.

Pero me recuerdo que no hay desamparo en mis días.

Me siento capaz para enfrentar las cosas difíciles que tengo que hacer.

¡Y tú también lo eres! Nos ayudan a crecer.

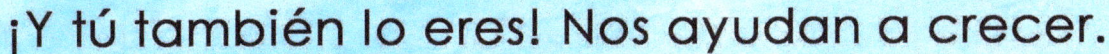

AFIRMACIONES CONSCIENTES

El ser consciente significa mantener una atención plena en lo que está ocurriendo en el momento actual. Una afirmación es una frase o declaración corta propia que apoya, ayuda o motiva de alguna manera.

Las afirmaciones conscientes te conectan con lo que necesitas oír. ¡Encuentra una afirmación para ti!

1. Escoge una afirmación que se encuentre en este libro con la cual puedes hacer una conexión o crea una por tu propia cuenta.

2. Toma unas respiraciones profundas y repite la afirmación. Toma cuenta de cómo te hace sentir.

3. Refleja en cómo esta afirmación te ayuda o te apoya. Si la afirmación no te parece útil o favorable, escoge otra.

4. Escribe tu afirmación. Colócala en un lugar visible y repítela a diario.

¡Lo que te dices, vale!

Las afirmaciones conscientes se convierten en tu voz interna, que te sostiene para poder realizar lo difícil — no importa lo que este sea.

- PUEDO SER MI PROPIO AMIGO.
- PUEDO SENTIR TODOS MIS SENTIMIENTOS.
- PUEDO PEDIR AYUDA.
- PUEDO INTENTAR ALGO NUEVAMENTE, EN VEZ DE RENDIRME.
- PUEDO CREER EN MIS HABILIDADES.
- PUEDO HABLAR CUANDO SEA MAS FÁCIL PERMANECER EN SILENCIO.
- PUEDO DECIR QUE NO, INCLUSO A MIS AMIGOS.
- PUEDO DISCULPARME.
- PUEDO PERDONAR.
- PUEDO ESCUCHAR Y ENTENDER DIFERENTES PUNTOS DE VISTA.
- PUEDO CUIDAR A MI COMUNIDAD.
- PUEDO ELEGIR LA AMABILIDAD.
- PUEDO PRACTICAR LA PAZ.
- PUEDO COMPARTIR MIS REGALOS CON EL MUNDO.
- PUEDO SER TAL COMO SOY.
- YO PUEDO HACER COSAS DIFÍCILES.

Gracias por elegir este libro. Soy mamá, autora de libros infantiles y consejera profesional licenciada. Pasé 21 años aprendiendo de los niños con los que trabajé en las escuelas públicas, alg por lo que estoy inmensamente agradecido.

Puedes encontrar más en mi sitio web: gabigarciabooks.com.

Si este libro le resultó útil, le agradecería sinceramente su reseña honesta. Es una de las mejores maneras de ayudar a otros a encontrarlo.

Otros libros de Gabi Garcia

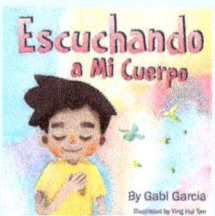

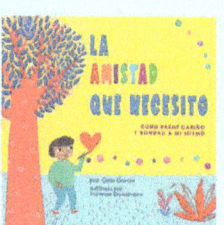
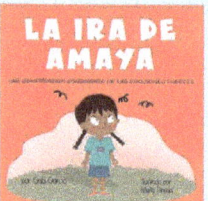
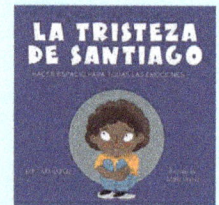

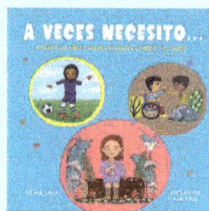
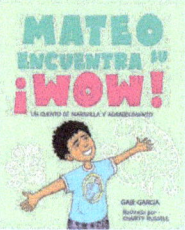

TODOS LOS TÍTULOS DISPONIBLES EN INGLES

Charity Russell vive con su esposo y dos hijos en Bristol. Asistió a Falmouth University College donde obtuvo una licenciatura en Ilustración y Diseño, y unos años más tarde obtuvo un Master en la Universidad de Sunderland.

Puede ver su trabajo y contactarla aquí: charityrussell.com.

Dedicado a los niños que hacen cosas difíciles todos los días.

Spanish translation copyright © 2021 by Gabi Garcia Boioks, LLC

gabigarciabooks.com

Illustrations by Charity Russell

All rights reserved.

skinned knee publishing

902 Gardner Rd. No. 4
Austin, Texas 78721

Hardcover: 978-1-949633-29-9; Paperback ISBN: 978-1-949633-03-0; e-book ISBN: 978-1-949633-04-7

www.ingramcontent.com/pod-product-compliance
Lightning Source LLC
Chambersburg PA
CBHW061744290426
43661CB00129B/1063